AF360123

VENTE
Du Vendredi 27 Novembre 1908
HOTEL DROUOT, SALLE N° 11
à 2 heures

EXPOSITION PUBLIQUE
Le Jeudi 26 Novembre 1908

ARGENTERIE

MEUBLES ANCIENS & MODERNES

OBJETS D'ART

FAIENCES — PORCELAINES

TABLEAUX, GRAVURES

TAPIS

COMMISSAIRE-PRISEUR
Mᵉ GEORGES NORMAND
41, rue de la Victoire

EXPERTS
MM. PAULME & B. LASQUIN Fils
10, rue Chauchat | 12, rue Laffitte
PARIS

CATALOGUE

DES

MEUBLES ANCIENS & MODERNES

Table tric-trac Louis XV, Poudreuse Louis XV,
Meuble Renaissance, Commode Louis XVI.

PIANO PLEYEL

FAIENCES — PORCELAINES

Bronzes d'Art et d'Ameublement

IMPORTANTE PENDULE D'ÉPOQUE LOUIS XIV

GARNITURES DE CHEMINÉES, CANDÉLABRES, Etc.

ARGENTERIE

TAPIS

DONT LA VENTE AUX ENCHÈRES PUBLIQUES AURA LIEU

HOTEL DROUOT, SALLE N° 11

Le Vendredi 27 Novembre 1908, à deux heures

Par le ministère de :	*Assisté de :*
Me GEORGES NORMAND	MM. PAULME et B. LASQUIN FILS
COMMISSAIRE-PRISEUR	EXPERTS
41, rue de la Victoire, 41	10, rue Chauchat | 12, rue Laffitte

PARIS

Chez lesquels se distribue le présent Catalogue

EXPOSITION PUBLIQUE

Le Jeudi 26 Novembre 1908, de 2 heures à 6 heures

CONDITIONS DE LA VENTE

Elle sera faite *au comptant*.

Les adjudicataires paieront *dix pour cent* en sus des enchères.

L'exposition mettant le public à même de se rendre compte de l'état et de la nature des objets, *aucune réclamation* ne sera admise une fois l'adjudication prononcée.

Paris. — Imp. de l'Art, Ch. Berger, 41, rue de la Victoire.

DÉSIGNATION

TABLEAUX, GRAVURES

DEBUCOURT

1 — *Le Compliment.*

2 — *Les Bouquets.*
   Deux gravures anciennes.

DELPY (H.-C.)

3 — *Bords de la Seine. Effet de lune.*
   Toile.

VIGÉE-LEBRUN (D'après Mme)

4 — *Portrait de la Reine Marie-Antoinette.*
   Coiffée d'un toquet en velours et plume blanche.

ÉCOLE FRANÇAISE (xviiie siècle)

5 — *Portrait de Jeune Femme.*

Les cheveux poudrés, en corsage blanc décolleté et avec manteau bleu ; elle tient un mouchoir d'une main, de l'autre une lettre ; fond de paysage. Cadre Régence en bois sculpté et doré.

ÉCOLE FRANÇAISE (xviiie siècle)

6 — *Portrait d'Homme.*

En habit bleu et jabot de dentelle. Toile ovale, cadre Louis XVI bois sculpté et doré.

7-8 — Tableaux non décrits.

OBJETS DE VITRINE

PORCELAINES. — MANUSCRITS

9 — Grande miniature ovale : Portrait de femme en corsage blanc, drapée d'un châle des Indes. Époque Louis-Philippe.

10 — Grande miniature ovale : Portrait d'officier. Époque Louis-Philippe.

11 — Miniature ovale : Portrait d'officier. Époque Louis-Philippe.

12 — Étui, de forme ovale, en nacre, incrusté d'argent, attributs de musiques et feuillages. Époque Louis XVI.

13 — Petite boîte rectangulaire en argent, le dessous et dessus en nacre gravée et incrustée d'argent, branchages et fleurs. Époque Louis XVI.

14 — Bague en or, avec miniature de forme octogonale : Portrait d'homme. XVIIIe siècle.

15 — Boîte ronde en écaille blonde, avec miniature : Portrait d'Enfant, sur le couvercle.

16 — Petite statuette de Vierge et Enfant en argent ciselé, sur socle en agate.

17 — Peigne en écaille brune, orné d'une mosaïque de Rouen, de trois réserves, dorure sur fond bleu, encadrement de perles fines ; — monture en argent doré.

18 — Carnet en ivoire, avec ornements et porte-mine en argent ciselé, doré et turquoise.

19 — Plaque en émail peint : « La Crucification », cadre formé de branchages fleuris et feuillagés, en argent ciselé et ajouré.

20 — Paire de cache-pot en porcelaine, décorés de quadrillages, formés par des bandes bleues turquoises bordées de rouge, avec roses au centre.

21 — Moutardier, à une anse et couvercle avec son plateau ovale et lobé, forme tonnelet, en ancienne porcelaine de Saxe, décoré de bouquets de fleurs en couleur.

22 — Grand vase en porcelaine de Sèvres (1844), de forme antique, à décors dans le goût égyptien sur la panse, de personnages et

oiseaux, sur fond lavande, anses formées de palmes.

23 — Fontaine avec couvercle et bassin en faïence moderne de Rouen, décors polychromes.

24 à 28 — Environ soixante pièces en faïence de Strasbourg, Rouen, Delft, Midi, etc., anciennes et modernes.

29 — Paire de soupières couvertes, de forme ronde, avec leurs plats en porcelaine de Chine, décors à fleurs en émaux de couleurs.

30 — Poule couveuse, formant soupière, en faïence décorée au naturel, adhérant à un plat de forme ovale et contournée, à bordure bleue.

31 — Paire de flambeaux en porcelaine décorée en bleu et or, forme fût à cannelures, base à feuilles de lauriers.

32 — Paire de flambeaux, forme fût, en porcelaine blanche de Höscht, à cannelures et guirlandes de fleurs en relief, avec rehauts à dorure, binets en argent ciselé et doré.

33 — Coupe formée d'un grand plat en ancienne faïence de Delft, décor bleu avec monture en bronze.

34 — Deux huiliers en ancienne porcelaine de Saxe au point.

35 — Veilleuse en ancienne porcelaine de Nymphenbourg, décor à paysage.

36 — Grand manuscrit avec pages à caractères enluminés, couverture en cuir gravé. Fin du xviᵉ siècle.

37 — Objets de vitrine non décrits.

ARGENTERIE, ORFÈVRERIE

38 — Vase en argent repoussé et ciselé, décors à guirlandes de fleurs et feuillages, avec frises de rinceaux à l'épaulement. Style Louis XVI.

39 — Jardinière, de forme ronde, en argent ciselé et ajouré, à treillis avec fleurettes et guirlandes de lauriers, anses formées de tors de feuillages et nœuds de rubans, style Louis XVI ; verre blanc à l'intérieur.

40 — Flacon à sels en cristal taillé avec bouchon en argent ciselé et doré. Style Louis XVI.

41 — Boîte de forme octogonale, en argent ciselé, le couvercle orné d'un médaillon ovale en perles fines et petites roses. Style Louis XVI.

42 — Caisse contenant un service en argent et vermeil, composé de : pince, cuillère à sucre, cuillère à fruits, cuillère à sauce, cuillère à fraises, six couverts à melon, paire de ciseaux à raisins, services à poisson, à glace et à salade, vingt-quatre couverts (dont douze à entremets), douze fourchettes à huîtres, douze cuillères à glace, douze cuillères à thé et quarante couteaux dont un à fromage, douze avec manches en nacre et vingt-sept avec manches argent.

43 — Service à thé et à café, composé d'une théière, cafetière, pot à lait et sucrier en vermeil, décor à godrons et guirlandes de lauriers, manches en ivoire sculpté. Style Louis XVI. *Maison Risler et Carré, Paris.*

44 — Théière en vermeil à guirlandes de laurier en relief, repose sur quatre pieds-griffes à cartouches, manche en ébène. Style Louis XVI.

45 — Samovar avec son support et sa lampe en argent ciselé et gravé.

46 — Soupière en argent, de forme ovale, à deux anses, avec couvercle, dont le bouton est formé d'une grande boucle feuillagée avec nèfle ; elle repose sur quatre pieds rocailles et feuilles de chêne. Époque Louis XV.

47 — Saucière avec plateau adhérent de forme ovale et contournée en argent ciselé avec double fond, en métal argenté. Style Louis XV.

48 — Deux petits plateaux, de forme carrée, à coins cintrés et bordure à feuillages, en argent doré. Style Louis XVI. *Maison Altenloh, à Bruxelles.*

49 — Petit plateau rectangulaire, à coins arrondis et bord à tors de feuillages, en argent ciselé. Style Louis XVI. *Maison Risler et Carré, Paris.*

5o — Quatre plats, trois ronds et un ovale à bords contournés et feuillagés, en argent ciselé. Style Louis XV.

51 — Service à découper, composé de trois pièces et couteau à fromage, manches nacre;
monture argent. Style Louis XVI.

52 — Service à hors-d'œuvre, cinq pièces, manches nacre; monture argent. Style Louis XVI.

53 — Vase-cassolette en argent, reposant sur un
trépied en bronze.

54 — Onze couverts à entremets en argent, décorés de médaillons. Style Louis XVI.

55 — Deux dessous de carafe en argent, de
style Louis XVI.

56 — Plateau à gâteau, de forme ronde et contournée, reposant sur quatre pieds-griffes et
boules, en argent ciselé à bord orné de
perles et feuillages. Style Louis XV.

57 — Pot à lait en argent ciselé à côtes, cartou-
che, rocailles et feuillages en relief, en argent
repoussé et ciselé.

58 — Bol en métal argenté; bordure à feuillages.

OBJETS D'ART

GARNITURES DE CHEMINÉES, PENDULES

59 — Garniture de cheminée en bronze patiné et doré, composée d'une pendule; le cadran surmonté d'une figure de vieillard couché, tenant d'une main un parchemin sur lequel on lit : *Le bonheur naît de la vertu;* base à guirlande de lierre et de deux candélabres à six lumières; statuettes de jeunes femmes.

60 — Importante pendule d'applique avec son socle, en marqueterie de cuivre et écaille, et surmontée d'une statuette de Renommée en bronze doré. Époque Louis XIV.

61 — Garniture de cheminée, composée de : pendule en marbre de Sienne et bronze patiné, statuette de Romain et bas-reliefs : louve et attributs militaires; deux vases forme Médicis sur socles carrés. Époque de la Restauration.

62 — Pendule, marqueterie, cuivre et écaille; genre Boule.

63 — Deux paires de miroirs-appliques, avec
cadres en argent repoussé, à deux lumières.

64 — Deux feuilles d'éventails : scènes de chas-
ses ; cadres en bois sculpté.

65 — Écuelle avec couvercle et plateau, en étain.
Style Louis XV.

66 — Petit médaillon, mosaïque de Rouen.

67 — Deux statuettes de divinités indoues en
bronze ciselé et doré.

68 — Service à thé solitaire, composé de : plateau rond, théière, sucrier, pot à crème et
tasse et soucoupe, en porcelaine de Paris,
décor de bandes circulaires de guirlandes de
fleurs et feuillages sur fond piqué d'or, large
bordure fleurie.

69 — Pendule en marqueterie de cuivre, écaille
et bronze doré, surmontée d'une statuette de
Renommée. Style Louis XIV.

70 — Myssia, statuette de Jeune femme en
bronze patiné, par *Bélin*.

71 — Paire de candélabres, à trois lumières élec-
triques, en bronze ciselé et doré, formés de
statuettes d'Amours supportant un bouquet
de branchages de roses, sur socle, fûts en
marbre blanc, ornements de guirlandes de
fleurs, lauriers et chêne en bronze. Style
Louis XVI.

72 — Garniture de cheminée, composée d'une
pendule, statuette d'Hercule, et d'une paire
de vases en bronze patiné à anses de forme
antique, sur socle en marbre rouge, à cannelures, orné de rangs de perles en bronze doré;
signés de *Masulli* et *B. Albergo*.

73 — Pêcheur napolitain accroupi, écoutant le
bruit d'un coquillage; bronze patiné d'après
B. Carpeaux.

74 — Paire de girandoles, à trois lumières, en
bronze ciselé et doré, de style Louis XVI.

75 — Paire de petits vases couverts, de forme
Médicis, reposant sur une base carrée, en
bronze doré et patiné.

76 — Paire de candélabres, formés de vases
en marbre tendre blanc, à godrons, d'où

s'échappent des branches de lis porte-lumiè-
res. Style Louis XVI.

77 — Garniture de cheminée en albâtre, composée d'une pendule à portique supporté
par quatre colonnes, et de deux statuettes
d'homme et de femme d'après l'antique.

78 — Glace de style Louis XV, cadre doré.

79 — Glace avec cadre en bois peint blanc.

80 — Coffret rectangulaire recouvert de tapis-
serie au point.

81-82 — Objets d'art non décrits.

MEUBLES ANCIENS ET MODERNES

83 — Petite table, dessus en marqueterie à da-
mier, reposant sur quatre pieds cannelés.
Époque Louis XV.

84 — Table poudreuse en marqueterie de bois
de rose et violette, avec glace intérieur et
ornée de bronzes. Époque Louis XV.

85 — Fauteuil en bois sculpté et doré à enrou-
lements de rubans, chutes de lauriers, garni
de damas rouge. Époque Louis XVI.

86 — Table tric-trac en acajou, à dessus de cuir
et revers de drap vert, ornée de millerais et
baguettes en cuivre et bronze doré, reposant
sur quatre pieds fuselés et cannés. Époque
Louis XVI.

87 — Bergère en bois sculpté et doré, à oreilles,
garnie de soie brochée à fleurs sur fond clair.
Style Louis XV.

88 — Petit canapé-marquise en bois sculpté
peint blanc et canné, avec coussin de velours
rouge. Style Louis XV.

89 — Piano de la *Maison Pleyel.*

90 — Commode Louis XVI, de forme demi-
lune, en marqueterie de bois et attributs ;
elle est ornée de bronzes dorés, dessus en
marbre rouge.

91 — Petite table en acajou, à quatre pieds et
croisillon, dessus en verre, avec photogra-
phie : Ronde d'Enfants.

92 — Paravent en bois sculpté peint, à trois feuilles garnies de soie à rayures et fleurettes, et glaces à la partie supérieure. Style Louis XVI.

93 — Guéridon, de forme ovale, en bois sculpté laqué blanc, à quatre pieds cannelés, et tablette d'entrejambes cannée. Style Louis XVI.

94 — Table laquée blanc en bois sculpté.

95 — Petite chaise basse en bois laqué blanc et paillée.

96 — Commode Louis XVI, à trois rangs de tiroirs, en acajou et filets de cuivre, dessus en marbre blanc.

97 — Petit meuble, à deux corps, en noyer sculpté, montants à chutes de feuillage. Époque de la Renaissance.

98 — Fauteuil en noyer sculpté, de style Régence.

99 — Canapé garni de peluche rouge et soie.

100 — Canapé, trois fauteuils et deux chaises
à hauts dossiers, pieds à croisillons en noyer
sculpté ciré, garnis de soie brochée. Style
Louis XIV.

101 — Canapé marquise en bois sculpté, peint
gris, à haut dossier et accotoirs garnis de
soie jaune brochée à fleurs. Style Louis XV.

102 — Guéridon rond en marqueterie, reposant
sur trois pieds, dessus en marbre blanc, à
galerie ajourée.

103 — Table orientale, de forme octogonale, en
bois noir incrusté de nacre.

104-107 — Meubles non décrits.

TAPIS

108 — Carpette d'Orient, fond rouge avec trois
réserves centrales, fond bleu à décor poly-
chrome.

109-110 — Lot de fragments et bordures de
tapis. (Six pièces).

111 — Tapis ancien d'Orient, à fond gros bleu,
à encadrements fond rouge à dessins polychromes.

112 — Tapis d'Orient, fond bleu, à petits dessins
réguliers polychromes, encadrement fond
rouge.

113 — Petite carpette d'Orient, fond rouge clair,
à dessins réguliers bleus et jaunes, bordure
à fond bleu.

114 — Chemin de moquette orientale, fond gros
bleu, dessins polychromes, encadrement à
bordure blanche.

115 — Petite carpette orientale, à dessins réguliers polychromes en forme de fruits sur
fond bleu; encadrement à fond rouge et bleu
avec oiseaux.

116 — Tapis fait de peau de singe.

117-118 — Tapis non décrits.

9 782329 389899